LETTRE
DE M. GRESSET,

L'un des Quarante de l'Académie Françoise,

A M. * * *

SUR LA COMÉDIE.

Avec l'Annonce qui en est faite dans le Journal de Trévoux, Juillet 1759. I. vol.

A PARIS,

Chez CHAUBERT, Quai de Augustins;

ET

HERISSANT, rue neuve Notre-Dame.

M. DCC. LIX.

*O*N voit ici une Lettre imprimée à Amiens sous le titre de Lettre de M. Gresset, l'un des Quarante de l'Académie Françoise, à M.*** sur la Comédie, (pag. 16. in-12.) C'est un monument de la Religion, du bon esprit & de l'éloquence de l'Auteur. C'est un des coups les plus directs & les plus forts qu'on ait jamais portés aux Spectacles profanes. On ne dira pas cette fois que c'est un Homme peu instruit, un Dévot imbécille, un Poëte mécontent du Public, un Vieillard sans ame & sans prétentions, qui renonce au Théâtre. M. Gresset est encore dans l'âge des succès : il a réussi dans l'Art Dramatique au point de disputer du rang avec les premiers Maîtres de la Scène : il faisoit espérer de nouveaux plaisirs à la Capitale, on l'y attendoit, on l'y desiroit ; on se plaignoit de la Province qui captivoit trop ces talents supérieurs. Tout à-coup la Religion, toujours reconnue & respectée de cet Homme de Lettres, mais combattue encore dans son ame par la fausse gloire, par l'habitude, par l'autorité des exemples, la Religion acheve de lui dessiller les yeux. Il voit clairement, à la lumière de l'Evangile, que le Sanctuaire & le Théâtre sont des objets inalliables. Il sort pour toujours de cette carrière enchanteresse, il prend pour témoin & pour arbitre de son engagement un des plus saints Evêques, qui aient paru dans l'Eglise de France. Cet exemple est si beau, & la Lettre est, à tous égards, si digne d'être conservée, que nous la déposons toute entière dans ce Volume de nos Mémoires, dont elle fera l'honneur & l'agrément.

[Ce témoignage [illegible]]

LETTRE
DE M. GRESSET,

L'un des Quarante de l'Académie Françoise.

A M. * * *

SUR LA COMÉDIE.

LEs sentiments, Monsieur, dont vous m'honorez depuis plus de vingt ans, vous ont donné des droits inviolables sur tous les miens; je vous en dois compte, & je viens vous le rendre sur un genre d'Ouvrages, auquel j'ai cru devoir renoncer pour toujours. Indépendamment du desir de vous sou-

A iij

mettre ma conduite & de mériter
votre approbation , votre appui
m'est néceffaire dans le parti indif-
penfable que j'ai pris , & je viens
le réclamer avec toute la confiance
que votre amitié pour moi m'a
toûjours infpirée. Les titres, les
erreurs , les fonges du monde n'ont
jamais ébranlé les principes de Religion que je vous connois depuis
fi long-temps : ainfi le langage de
cette Lettre ne vous fera point
étranger , & je compte qu'approu-
vant ma réfolution , vous voudrez
bien m'appuyer dans ce qui me
refte à faire pour l'établir & pour
la manifefter.

Je fuis accoûtumé, Monfieur,
à penfer tout haut devant vous : je
vous avouerai donc que , depuis
plufieurs années , j'avois beaucoup
à fouffrir intérieurement d'avoir
travaillé pour le Théâtre , étant
convaincu, comme je l'ai toûjours
été, des vérités lumineufes de notre

Religion, la seule divine, la seule incontestable. Il s'élevoit souvent des nuages dans mon ame sur un art si peu conforme à l'esprit du Christianisme, & je me faisois, sans le vouloir, des reproches infructueux, que j'évitois de démêler & d'approfondir : toujours combattu, toujours foible, je différois de me juger, par la crainte de me rendre & par le desir de me faire grace. Quelle force pouvoient avoir des réflexions involontaires contre l'empire de l'imagination & l'enyvrement de la fausse gloire ? Encouragé par l'indulgence dont le Public a honoré *Sidney* & *le Méchant*, ébloui par les sollicitations les plus puissantes, séduit par mes amis, dupe d'autrui & de moi – même, rappellé en même temps par cette voix intérieure, toujours sévère & toujours juste, je souffrois, & je n'en travaillois pas moins dans le même genre.

Il n'eſt guères de ſituation plus pénible, quand on penſe, que de voir ſa conduite en contradiction avec ſes principes, & de ſe trouver faux à ſoi-même & mal avec ſoi. Je cherchois à étouffer cette voix des remords, à laquelle on n'impoſe point ſilence, ou je croyois y répondre par de mauvaiſes autorités que je me donnois pour bonnes. Au défaut de ſolides raiſons, j'appellois à mon ſecours tous les grands & frèles raiſonnements des Apologiſtes du Théâtre; je tirois même des moyens perſonnels d'Apologie de mon attention à ne rien écrire qui ne pût être ſoumis à toutes les Loix des mœurs: mais tous ces ſecours ne pouvoient rien pour ma tranquillité. Les noms ſacrés & vénérables dont on abuſe pour juſtifier la compoſition des Ouvrages Dramatiques & le danger des Spectacles, les Textes prétendus favorables, les Anecdotes

fabriquées, les Sophifmes des autres & les miens, tout cela n'étoit
que du bruit, & un bruit bien foible contre ce fentiment impérieux
qui réclamoit dans mon cœur. Au
milieu de ces contrariétés & de ces
doutes de mauvaife foi, pourfuivi
par l'évidence, j'aurois dû reconnoître dès-lors, comme je le re-
connois aujourd'hui, qu'on a toujours tort avec fa confcience, quand
on eft réduit à difputer avec elle.
Dieu a daigné éclairer entièrement
mes ténébres, & diffiper à mes
yeux tous les enchantements de
l'Art & du Génie. Guidé par la
Foi, ce flambeau éternel, devant
qui toutes les lueurs du temps dif-
paroiffent, devant qui s'évanouif-
fent toutes les rêveries fublimes &
profondes de nos foibles Efprits-
forts, ainfi que toute l'importance
& la gloriole du bel-efprit, je vois,
fans nuage & fans enthoufiafme,
que les Loix facrées de l'Evangile

& les maximes de la Morale pro-
fane , le Sanctuaire & le Théâtre
font des objets abfolument inalliables. Tous les fuffrages de l'opi-
nion , de la bienféance , & de la
vertu purement humaine , fuffent-
ils réunis en faveur de l'Art Dramatique , il n'a jamais obtenu , il
n'obtiendra jamais l'approbation
de l'Eglife. Ce motif , fans réponfe ,
m'a décidé invariablement : j'ai eu
l'honneur de communiquer ma réfolution à Monfeigneur l'Evêque
d'Amiens , & d'en configner l'engagement irrévocable dans fes
mains facrées : c'eft à l'autorité de
fes leçons & à l'éloquence de fes
vertus que je dois la fin de mon
égarement , je lui devois l'hom-
mage de mon retour ; & c'eft pour
confacrer la folidité de cette efpèce
d'abjuration , que je l'ai faite fous
les yeux de ce grand Prélat fi ref-
pecté & fi chéri : fon témoignage
faint s'éleveroit contre moi , fi

j'avois la foibleffe & l'infidélité de
rentrer dans la carrière. Il ne me
refte qu'un regret en la quittant ;
ce n'eft point fur la privation des
applaudiffements publics, je ne les
aurois peut-être pas obtenus ; &
quand même je pourrois être affûré
de les obtenir au plus haut degré,
tout ce fracas populaire n'ébranle-
roit point ma réfolution : la voix
folitaire du Devoir doit parler plus
haut pour un Chrétien que toutes
les voix de la Renommée. L'unique
regret qui me refte, c'eft de ne
pouvoir point affez effacer le fcan-
dale que j'ai pu donner à la Religion par ce genre d'Ouvrages, &
de n'être point à portée de réparer
le mal que j'ai pu caufer, fans le
vouloir. Le moyen le plus appa-
rent de réparation, autant qu'elle
eft poffible, dépend de votre agrément pour la publicité de cette
Lettre : j'efpère que vous voudrez
bien permettre qu'elle fe répande,

& que les regrets sincères, que j'expose ici à l'amitié, aillent porter mon Apologie par-tout où elle est nécessaire. Mes foibles talents n'ont point rendu mon nom assez considérable pour faire un grand exemple ; mais tout Fidèle, quel qu'il soit, quand ses égarements ont eu quelque notoriété, doit en publier le désaveu, & laisser un monument de son repentir. Les gens du bon air, les demi-raisonneurs, les pitoyables Incrédules peuvent à leur aise se mocquer de ma démarche ; je serai trop dédommagé de leur petite censure & de leurs froides plaisanteries, si les gens sensés & vertueux, si les Ecrivains dignes de servir la Religion, si les ames honnêtes & pieuses que j'ai pu scandaliser, voient mon humble désaveu avec cette satisfaction pure que fait naître la vérité dès qu'elle se montre.

Je profite de cette occasion pour

rétracter auſſi ſolemnellement tout
ce que j'ai pu écrire d'un ton peu
réfléchi dans les bagatelles rimées
dont on a multiplié les Editions,
ſans que j'aie jamais été dans la
confidence d'aucune. Tel eſt le mal-
heur attaché à la Poëſie, cet Art
ſi dangereux, dont l'Hiſtoire eſt
beaucoup plus la liſte des fautes
célèbres & des regrets tardifs, que
celle des ſuccès ſans honte & de la
gloire ſans remords : tel eſt l'écueil
preſque inévitable, ſur-tout dans
les délires de la jeuneſſe ; on ſe
laiſſe entraîner à établir des principes qu'on n'a point ; un vers bril-
lant décide d'une maxime hardie,
ſcandaleuſe, extravagante : l'idée
eſt téméraire, le trait eſt impie,
n'importe, le vers eſt heureux,
ſonore, éblouiſſant, on ne peut le
ſacrifier, on ne veut que briller,
on parle contre ce qu'on croit, &
la vanité des mots l'emporte ſur la
vérité des choſes. L'Impreſſion

ayant donné quelque exiſtence à de foibles productions auxquelles j'attache fort peu de valeur, je me crois obligé d'en publier une Edition très corrigée, où je ne conſerverai rien qui ne puiſſe être ſoumis à la lumière de la Religion & à la ſévérité de ſes regards. La même balance me réglera dans d'autres Ouvrages qui n'ont point encore vu le jour. Pour mes nouvelles Comédies (dont deux ont été lues, Monſieur, par vous ſeul) ne me les demandez plus; le ſacrifice en eſt fait, & c'étoit ſacrifier bien peu de choſe. Quand on a quelques Ecrits à ſe reprocher, il faut s'exécuter ſans réſerve, dès que le remords les condamne : il ſeroit trop dangereux d'attendre; il ſeroit trop incertain de compter que ces Ecrits ſeront brûlés au flambeau qui doit éclairer notre agonie.

J'ai cru, pour l'utilité des mœurs, pouvoir ſauver de cette proſcrip-

tion les principes & les images
d'une pièce que je finissois, & je
les donnerai sous une autre forme
que celle du genre Dramatique :
cette Comédie avoit pour objet la
peinture & la critique d'un caractère plus à la mode que *le Méchant* même, & qui, sorti de ses
bornes, devient tous les jours de
plus en plus un ridicule & un vice
national.

Si la prétention de ce caractère,
si répandue aujourd'hui, si mauf-
fade comme l'eft toute prétention,
& si gauche dans ceux qui l'ont
malgré la nature & sans succès,
n'étoit qu'un de ces ridicules qui
ne font que de la fatuité sans danger, ou de la fottife sans consé-
quence, je ne m'y ferois plus arrêté ; l'objet du portrait ne vaudroit
pas les frais des crayons : mais ou-
tre fa comique abfurdité, cette prétention eft de plus si contraire aux
régles établies, à l'honnêteté pu-

blique, & au refpect dû à la Rai-
fon, que je me fuis cru obligé d'en
conferver les traits & la cenfure,
par l'intérêt que tout Citoyen qui
penfe doit prendre aux droits de
la Vertu & de la Vérité. J'ai tout
lieu d'efpérer que ce fujet, s'il doit
être de quelque utilité, y parvien-
dra bien plus fûrement fous cette
forme nouvelle, que s'il n'eût paru
que fur la Scène, cette prétendue
école des Mœurs où l'Amour-pro-
pre ne vient reconnoître que les
torts d'autrui, & où les vérités
morales, le plus lumineufement
préfentées, n'ont que le ftérile mé-
rite d'étonner un inftant le défœu-
vrement & la frivolité, fans arri-
ver jamais à corriger les vices, &
fans parvenir à réprimer la manie
des faux airs dans tous les genres,
& les ridicules de tous les rangs.

Je laiffe de fi minces objets pour
finir par des confidérations d'un
ordre bien fupérieur à toutes les

brillantes illufions de nos Arts
agréables, de nos Talents inutiles,
& du Génie dont nous nous flat-
tons. Si quelqu'un de ceux qui veu-
lent bien s'intérefler à moi, eft
tenté de condamner le parti que
j'ai pris de ne plus paroître dans
cette carrière, qu'avant de me
défapprouver il accorde un regard
aux principes qui m'ont déterminé.
Après avoir apprécié, dans fa rai-
fon, ce phofphore qu'on nomme
l'Efprit, ce rien qu'on appelle la
Renommée, ce moment qu'on
nomme la Vie, qu'il interroge la
Religion qui doit lui parler comme à moi ; qu'il contemple fixe-
ment la mort ; qu'il regarde au-
delà, & qu'il me juge. Cette image
de notre fin, la lumière, la leçon
de notre exiftence, & notre premiére Philofophie devroit bien
abaiffer l'extravagante indépen-
dance & l'audace impie de ces fu-
perbes & petits Differtateurs, qui

s'efforcent vainement d'élever leurs délires fyſtématiques au-deſſus des preuves lumineuſes de la Révélation : le Temps vole, la Nuit s'avance , le Rêve va finir. Pourquoi perdre à douter avec une abſurde préſomption , cet inſtant qui nous eſt laiſſé pour croire & pour adorer avec une ſoumiſſion fondée ſur les plus fermes principes de la ſaine raiſon ? Comment immoler nos jours à des Ouvrages rarement applaudis, ſouvent dangereux , toujours inutiles ? Pourquoi nous borner à des ſpéculations indifférentes ſur les majeſtueux Phénomènes de la Nature ? Au moment où j'écris, un Corps Céleſte, nouveau à nos regards, eſt deſcendu ſur l'Horiſon ; mais ce ſpectacle, également frappant pour les Eſprits éclairés & pour le Vulgaire, amuſe ſeulement la frivole curioſité, quand il doit élever nos réflexions. Encore quelques jours,

& cette Comète que notre fiècle voit pour la premiére fois , va s'é-teindre pour nous & fe replonger dans l'immenfité des cieux , pour ne reparoître jamais aux yeux de prefque tous ceux qui la contem-plent aujourd'hui. Quelle deftinée éternelle nous aura été affignée, lorfque cet Aftre étincelant & ra-pide , arrivé au terme d'une nou-velle révolution, après une marche de plus de quinze luftres , reparoî-tra fur cet Hémifphère ? Les té-moins de fon retour marcheront fur nos cendres.

Je vous demanderois grace ; Monfieur , fur quelques traits de cette Lettre, qui paroiffent fortir des limites du ton épiftolaire, fi je ne favois , par une longue expé-rience, que la vérité a toute feule par elle - même le droit de vous intéreffer indépendamment de la façon dont on l'exprime, & fi d'ail-leurs , dans un femblable fujet dont la dignité & l'énergie entraînent l'ame & commandent l'expreſſion, on pouvoit être arrêté un inſtant par de froides attentions aux régles du ſtyle, & aux chétives prétentions de l'eſprit.

Je ſuis avec tous les ſentiments d'un profond reſpect & d'un attachement inviolable,

Monſieur,

Votre très-humble & très-obéiſſant ſerviteur,

GRESSET.

A Amiens le 14. Mai 1759.